Wilhelm Emmanuel Ketteler

Die Anschauungen des Cultusministers Herrn Dr. Falk über die katholische Kirche nach dessen Rede vom 10. Dezember 1873

Antigonos

Wilhelm Emmanuel Ketteler

Die Anschauungen des Cultusministers Herrn Dr. Falk über die katholische Kirche nach dessen Rede vom 10. Dezember 1873

Unveränderter Nachdruck der Originalausgabe von 1874.

1. Auflage 2024 | ISBN: 978-3-38643-575-8

Antigonos Verlag ist ein Imprint der Outlook Verlagsgesellschaft mbH.

Verlag: Outlook Verlag GmbH, Zeilweg 44, 60439 Frankfurt, Deutschland
Vertretungsberechtigt: E. Roepke, Zeilweg 44, 60439 Frankfurt, Deutschland
Druck: Libri Plureos GmbH, Friedensallee 273, 22763 Hamburg, Deutschland

Die Anschauungen

des

Cultusministers Herrn Dr. Falk

über die katholische Kirche

nach dessen Rede vom 10. Dezember 1873.

Beleuchtet

von

Wilhelm Emmanuel,
Freiherrn von Ketteler,

Bischof von Mainz.

Mainz,
Verlag von Franz Kirchheim.

1874.

I.

Die Rede, welche der Cultusminister Dr. Falk am 10. December über den bekannten Antrag des Abgeordneten Peter Reichensperger gehalten hat, ist für unsere Lage sehr bezeichnend. Neu ist an ihr nicht der Inhalt selbst, sondern der Umstand, daß ein preußischer Cultusminister solche Reden hält. Sie zeugt von der großen Befangenheit des Redners und bewegt sich ganz in dem Kreise jener Anschauungen, jener Vorurtheile, Unrichtigkeiten und Unbilligkeiten, welche wir früher nur in gewissen Blättern des vulgären und kirchenfeindlichen Liberalismus zu lesen gewohnt waren. Oeffentliche Blätter brachten in den letzten Tagen die Mittheilung, daß die liberalen Parteiführer aus Baden früher gewissen leitenden Persönlichkeiten in Berlin gesagt hätten, sie möchten nur den Mühler wegschaffen, dann wollten sie schon mit den Ultramontanen in Deutschland fertig werden. Diese Weisung erscheint nun erfüllt zu sein; der neue preußische Staatsgedanke, dem sich Fürst Bismarck subordinirt hat, ist aus Baden importirt und Dr. Falk ganz ein Cultusminister im Geiste des badischen Liberalismus.

Diese Rede des Cultusministers hat in der Antwort des Abgeordneten Windthorst, welche ebenso wie die des Abgeordneten Peter Reichensperger kein denkender Katholik ungelesen lassen sollte, eine vernichtende Erwiderung erfahren. Ich will nicht Gesagtes wiederholen; ich fühle mich aber gedrungen, die in jener Rede enthaltenen Anschuldigungen gegen die katholischen Bischöfe, den katholischen Klerus und das katholische Volk noch eingehender zu beleuchten. Dadurch möchte ich vor allem den Standpunkt bezeichnen, von dem aus Aeußerungen über das Verfahren der Bischöfe, wie Dr. Falk sie gethan, verständlich werden. Ohne diesen Standpunkt im Auge zu haben, ist es völlig unbegreiflich, wie man sich über die wahre Sachlage so täuschen kann, wie es hier geschieht, und wie man die Ursachen eines Conflictes, bei dem es sich um die Existenz der katholischen Kirche handelt, durch nichtige und ungerechte Anschuldigungen gegen die Bischöfe, den Klerus und das katholische Volk, sich selbst verbergen kann. Da uns die Achtung vor der Stellung eines Ministers den Gedanken an eine absichtliche Täuschung verbietet und wir überdies persönlich geneigt sind, der Unwissenheit in katholischen Angelegenheiten und den religiösen Vorurtheilen unserer Gegner eine sehr große Macht zuzuschreiben, so müssen wir für solche, uns Katholiken fast unverständliche Aeußerungen einen andern Erklärungsgrund, als den einer absichtlichen Täuschung suchen.

Den wahren Schlüssel zu diesen Urtheilen des Dr. Falk über die katholischen Bischöfe scheint uns recht eigentlich David Friedrich Strauß in seiner neuesten Schrift an die Hand zu geben. Er will in derselben die „moderne Weltanschauung" der alten christlichen Weltanschauung gegenüberstellen. Die Schrift beweist, daß ihm die christliche Weltanschauung, daß ihm die großen Ideen des Christenthums, welche den Sieg des Christenthums über das Heidenthum erklären, ebenso unbekannt sind, wie die tiefen Bedürfnisse der menschlichen Seele. Wie gänzlich ihm jedes Verständniß des Christenthums abgeht, zeigt er gleich im Beginn seiner Kritik der christlichen Glaubenslehren, wo er die Grundlage derselben, die Lehre von der allerheiligsten Dreifaltigkeit, mit jener von der crassesten Ignoranz zeugenden vulgären Spöttelei abzufertigen sucht, sie enthalte die Zumuthung, „Drei als Eins und Eins als Drei zu denken." Das wäre freilich Unsinn; aber nicht die Kirchenlehre enthält diesen Unsinn; er zeugt vielmehr nur von der Unwissenheit ihrer Gegner, welche nicht verstehen, daß es sich hier um ganz verschiedene Beziehungen im göttlichen Wesen handelt, von denen die Einheit und die Dreiheit ausgesagt wird. Strauß kennt überhaupt das Christenthum, wie so viele seiner Zeitgenossen, nicht mehr seinem positiven göttlichen Inhalte nach, nicht in seiner Gotteskraft und Gottesweisheit, in der es seit achtzehnhundert Jahren wirkt, zuerst das Heidenthum und dann alle seine Gegner im Verlaufe der Geschichte überwunden und seine Segnungen über alle menschlichen Verhältnisse, wie über alle einzelnen Menschen, die sich ihm hingaben, verbreitet hat, sondern nur in der nergelnden negativen Kritik, die an einzelnen Theilen wie an losgerissenen Gliedern mit unermüdlicher

Emsigkeit von einem seichten Rationalismus geübt wird. Ueber diesen einseitigen negativen Standpunkt ist Strauß bei Beurtheilung des Christenthums nie hinausgekommen. Wie aber einmal die menschlichen Dinge liegen, so gibt es nichts Großes, das nicht durch eine feindselige Kritik zerrissen und zersetzt werden könnte. Die Sophisten und Skeptiker haben auf solche Weise mit scheinbarer Wissenschaft alle Errungenschaften der Philosophie vernichtet, so daß nur mehr der Zweifel und die Verzweifelung an der Wahrheit übrig blieb. So macht es diese moderne Kritik mit dem Christenthum. In dieser Anatomie todter, von der lebendigen Kirche abgerissener Glieder ist Strauß ein Meister.

So ungenügend und traurig aber auch dieses Buch an sich ist, so liegt doch in ihm ein gewisser Fortschritt zur Aufklärung verschwommener Zustände, welche die Wahrheit nicht zum Durchbruch kommen lassen. Er ist in seiner Negation ehrlich und spricht ihre Consequenzen unverhüllt aus. Namentlich sind es zwei Wahrheiten, welche er unverholen zur Geltung bringt. Die erste ist von katholischer Seite stets behauptet, von einer andern aber ebenso standhaft geleugnet, daß nämlich nur der Recht hat, sich einen Christen zu nennen, der an die göttliche Persönlichkeit Christi glaubt; und die zweite, daß dem Menschen, der die Göttlichkeit des Christenthums verwirft, zur Befriedigung seiner tiefsten Seelenbedürfnisse nach wahrem, vollkommenem und bleibendem Glücke nichts übrig bleibt, als die „Werke unserer großen Dichter," nebst der Kunst und der Musik. Das ist sein „Ersatz für die Kirche."

Beide Wahrheiten nehmen wir unbedingt an. In der letzten erkennen wir zugleich die vernichtendste Selbstkritik, die Strauß mit allen seinen Geistesverwandten, die er unter dem Worte „Wir" zusammenfaßt, an sich selbst und an ihrer modernen Weltanschauung üben konnte. Da wären wir wieder beim Anfang angelangt. Eben das vollkommen Ungenügende dieses Zustandes hat das Heidenthum zum Christenthum hingetrieben. Mit diesem totalen Bankerott, mit welchem das Heidenthum abschloß, will „die moderne Weltanschauung" wieder beginnen. Das Heidenthum hatte erstens die große Erfahrung gemacht, daß alle sich selbst überlassene menschliche Wissenschaft mit ungelösten Zweifeln vor den großen Fragen stehen bleibt, welche der Menschengeist mit absoluter Nothwendigkeit immer wieder aufwirft. Das Heidenthum hatte zweitens die Erfahrung gemacht, daß alle Genüsse der Poesie und der Kunst, verbunden mit allen anderen, welche der Mensch sich verschaffen kann, den Durst der Menschenherzen nach Glückseligkeit nicht befriedigen können. Der Zweck aller Philosophie, sagt Seneca, indem er diese Erfahrungen vor Augen hat, ist, das Leben zu verachten — und als letzten Trost für die unendliche Trostlosigkeit der heidnischen Weltanschauung zeigt er auf den Selbstmord hin. Das war das doppelte Ergebniß des langen Ringens der heidnischen Welt nach Wahrheit und Glück. Dergestalt war das Heidenthum die große Vorbereitung für jenen göttlichen Lehrer, der vom Himmel herabkam und dem menschlichen Geiste Wahrheit und dem menschlichen Herzen Friede brachte. Und in diesen Zustand des Heidenthums will „die moderne Weltanschauung" die christlichen Völker wieder zurückversetzen. Das wird ihr nicht gelingen. Sie kann ihnen nichts bieten statt des Christenthums als den heidnischen Zweifel und die kalte Resignation der Stoa.

Man kann in dieser Hinsicht nichts Trostloseres lesen, als das Buch von Strauß. Wo er seine rationalistische Kritik verläßt, und zur Darstellung dessen kömmt, was er den „Ersatz für das Christenthum" und seine Lehre nennt, da wird er trostlos bis zum Uebermaß. „Der Wegfall des Vorsehungsglaubens," sagt er da, „gehört in der That zu den empfindlichsten Einbußen, die mit der Lossagung von dem christlichen Kirchenglauben verbunden sind. Man sieht sich in die ungeheure Weltmaschine mit ihren eisernen gezahnten Rädern, die sich sausend umschwingen, ihren schweren Hämmern und Stampfen, die betäubend niederfallen, in dieses ganz furchtbare Getriebe sieht sich der Mensch wehr- und hilflos hineingestellt, keinen Augenblick sicher, bei einer unvorsichtigen Bewegung von einem Rade gefaßt und zerrissen, von einem Hammer zermalmt zu werden. Dieses Gefühl des Preisgegebenseins ist zunächst wirklich ein entsetzliches. Allein was hilft es, sich darüber eine Täuschung zu machen? Unser Wunsch gestaltet die Welt nicht um, und unser Verstand zeigt uns, daß sie in der That eine solche Maschine ist." Gott sei Dank, daß dem nicht so ist und daß vielmehr unser Verstand uns die Wahrheit der Worte des hl. Apostels Paulus zeigt: „Sein unsichtbares Wesen, nämlich seine ewige Kraft und Gottheit, ist in den erschaffenen Dingen erkennbar und sichtbar." Eine Weltanschauung, welche in uns das Gefühl des Entsetzlichen hervorruft, kann nicht das Resultat der Vernunft sein. Einige Zeilen später fährt er über den Ersatz, welchen er für den Verlust einer andern christlichen Wahrheit seinen Gesinnungsgenossen bietet, so fort: „Ueber den Ersatz, den unsere Weltanschauung für den kirchlichen Unsterblichkeitsglauben bietet, wird man vielleicht die längste Ausführung von mir erwarten, sich aber mit der kürzesten begnügen müssen. Wer hier sich nicht selbst zu helfen weiß, dem ist überhaupt nicht zu helfen, der ist für unsern Standpunkt noch nicht reif. Wem es auf der einen Seite noch nicht genügt, die ewigen Gedanken des Universum, des Entwickelungsganges und der Bestimmung der Menschheit in sich beleben zu können; wer lieben und verehrten Verstorbenen nicht im eigenen Innern das schönste Fortleben und Fortwirken zu schaffen weiß; wem neben der Thätigkeit für die Seinigen, der Arbeit in seinem Berufe, der Mitwirkung zum Gedeihen seines Volkes wie zum Wohle seiner Mitmenschen, und dem Genusse des Schönen in Natur und Kunst — wem daneben nicht auf der andern Seite das Bewußtsein aufgeht, daß er selbst nur zum zeitweiligen Theilhaber an alledem berufen sein kann; wer es nicht über sich gewinnt, schließlich mit Dank dafür, daß er das alles eine Weile hat mitbewirken, mitgenießen und auch mitleiden dürfen, zugleich aber mit dem frohen Gefühle des Losgebundenwerdens von einem in die Länge doch ermüdenden Tagewerke aus dem Leben zu scheiden: nun den müssen wir an Mosen und die Propheten zurückweisen, die übrigens von einer Unsterblichkeit auch nichts gewußt haben und doch Moses und die Propheten gewesen sind." Für diesen Standpunkt sind wir in der That nicht „reif." Um für ihn „reif" zu werden, dazu müßten wir den Gedanken an die Unsterblichkeit und die edelsten und tiefsten Empfindungen unserer Seele aus derselben auslöschen, dazu müßten wir sie in eine andere, als wie Gott sie uns gegeben, umwandeln können. Das ist der Ersatz, den die „moderne Weltanschauung" den Menschen bietet für die christliche Lehre von der göttlichen Vorsehung und der glückseligen Unsterblichkeit. Diesen Ersatz bietet Strauß dem Menschengeschlechte, von welchem neun Zehntel ihr ganzes Leben theils in Armuth, theils in schwerer Arbeit, theils in Krankheit, theils in Jammer und Elend aller Art zubringen. Wie gänzlich unwahr und im Widerspruche mit der Wirklichkeit ist die Vorstellung von Menschen, die nach Strauß gelebt haben und endlich „mit dem frohen Gefühle des Losgebundenwerdens von einem in die Länge doch ermüdenden Tagewerke aus dem

Leben scheiden!" Wie ganz anders ist der Tod in der Wirklich=
keit! Nur wahre Christen sterben mit freudiger Ergebung, weil
ihr Tod der Beginn eines ewigen und wahren Lebens ist, nicht die
Anhänger der „modernen Weltanschauung." Bei dieser trostlosen Welt=
anschauung denkt man unwillkürlich wieder an den Trost des Heiden
Seneca, nämlich an den Felsen, von dem man sich ja noch herab=
stürzen, und an das Meer, in dem man seine unruhige Seele zur
Ruhe bringen kann.

Man verzeihe mir diese Abschweifung. Sie war für mich eine
Nothwendigkeit, da ich einmal Strauß genannt hatte, obwohl ich
gestehen muß, daß sie mit Dr. Falk und seiner Rede nicht unmit=
telbar zusammenhängt, obgleich die Richtung, welche dieser vertritt, auch
zu demselben Resultate führen würde. Anders verhält es sich mit jener
andern Wahrheit, welche Strauß ausspricht, daß nur der wahrer
Christ ist, welcher an die Gottheit Christi glaubt. Diese führt uns
unmittelbar zum Verständniß der Rede des Herrn Cultusministers.

Man hat alles Mögliche gethan, um diese Wahrheit zu ver=
dunkeln. Der Glaube an die göttliche Natur Jesu Christi, wel=
cher sich aus der katholischen Kirche auf den Protestantismus fort=
geerbt, war auch in ihm so stark, daß, als der ungläubige Rationa=
lismus in den Protestantismus eindrang und allmälig eine Glaubens=
wahrheit nach der andern unterminirte, er dennoch alles aufbot, um
einen gewissen Schein zu retten, als ob er noch an die Gottheit
Christi glaube. Das war man dem christlichen angeerbten Bewußt=
sein des protestantischen Volkes schuldig, um von ihm ertragen zu
werden. So brachte endlich auch Schleiermacher seinen Christus
heraus, wonach Christus nicht Gott war, seiner Natur nach, sondern
vielmehr in dieser Hinsicht Mensch wie wir. Dagegen machte er ihn
zu einer Art von Idealmenschen, in dem alles Göttliche, was der
Menschennatur sich mittheilen kann, so in einziger Art concentrirt
war, daß er doch wieder mit Recht ein Gottmensch genannt werden
könne. Solche Erfindungen täuschten viele Protestanten, welche aus
ihrer katholisch=christlichen Familien= und Gemeinde=Tradition den
lebendigen Christus ererbt hatten, und indem sie diese Zwitterlehren
nach ihrem gläubigen Sinne deuteten, nicht merkten, wie im Pro=
testantismus der wahre Christus selbst mehr und mehr verloren
ging. So ist allmälig eine heillose Willkür in der Lehre über die
Person Christi eingerissen, da sie allen denkbaren Deutungen aus=
gesetzt war. Damit wurden zugleich alle anderen Lehren des Christen=

thums erschüttert, da von der Gottheit Christi alle anderen ab=
hängen; denn wenn Christus nicht wahrer Gott ist, dann ist es
auch ein leeres Gerede, von einem Worte Gottes, von einem Sakra=
mente u. s. w. zu reden. Damit wurde aber zugleich der Begriff
des Wortes Christ gänzlich verfälscht, da sich ein Jeder so nennen
konnte, er mochte an Christus glauben oder nicht. In dem Maße
aber wie im Protestantismus die alte katholische Glaubenstradition
erblaßte, nahm der Widerstand gegen die naturalistischen Deutungen
des Christenthums ab. Dieser Proceß hat sich nun in vielen Be=
völkerungsklassen bis zum Abschluß vollzogen. Protestanten, welche
aus Familien stammen, wo der alte übernatürliche Christenglaube
gänzlich absorbirt ist, und welche dagegen ihre ganze Bildung aus
der „modernen Weltanschauung", aus der Wissenschaft und Litera=
tur, welche sie erzeugt hat, schöpfen, haben allmälig jeden Begriff
von übernatürlicher Offenbarung und einem auf sie gegründeten
christlichen Glauben, wie er in der katholischen Kirche besteht, und
auch in einzelnen protestantischen Familien und Gemeinden sich
noch erhalten hat, gänzlich verloren Das muß man stets vor
Augen haben, um die totale Unfähigkeit vieler unserer Zeitgenossen
zu begreifen, die einfachsten christlichen Grundbegriffe noch zu ver=
stehen. Daß sie sich trotzdem noch Christen nennen, ja für die
eigentlichen und wahren Christen ausgeben, vermehrt nur die im=
mer wachsende Begriffsverwirrung, die in eine wahre Sprachver=
wirrung ausartet, und zwar in die gefährlichste Art von Sprach=
verwirrung, da wir uns derselben christlichen Ausdrucksweise noch
bedienen, aber mit ihr ganz verschiedene Begriffe verbinden.

Das ist nun das große Verdienst von Strauß, daß er mit
unerbittlicher Ehrlichkeit in diesen Wirrwarr eingreift. Diesen will=
kürlichen Umdeutungen der ganzen Wesenheit des Christenthums,
welche durchaus auf dem übernatürlichen Charakter desselben beruht,
dieser Naturalisirung desselben unter Beibehaltung christlicher Aus=
drucksweisen, welche in dem Protestantenverein ihren höchsten Gipfel=
punkt erreicht hat, diesem Scheinchristenthum gegenüber sagt er mit
unerbittlicher Logik: „Es bleibt dabei: Wenn der alte Glaube ab=
surd war, so ist es der modernisirte, der des Protestantenvereins und
der Jenenser Erklärer, doppelt und dreifach. Der alte Kirchenglaube
widersprach doch nur der Vernunft, sich selbst widersprach er nicht;
der neue widerspricht sich selbst in allen Theilen, wie könnte er
da mit der Vernunft stimmen?" In der ersten Behauptung ist

Strauß völlig incompetent, da er den alten Glauben, wie er in Wahrheit ist, mit so vielen seiner Gesinnungsgenossen, nie gekannt hat. Gott möge ihm daher diese Behauptung verzeihen. In der zweiten aber hat er vollkommen die Wahrheit gesprochen. Zwar erheben jetzt manche Scheinchristen, welche durch die Aeußerung von Strauß getroffen sind, großen Lärm und protestiren in allerlei Formen und Weisen dagegen. Wir sind aber überzeugt, daß die Wahrheit sich mehr und mehr Bahn brechen wird, welche Strauß bezüglich Aller, welche mit ihm die göttliche Natur in Christo leugnen, mit den Worten ausdrückt: „Wenn wir nicht Ausflüchte suchen wollen, wenn wir nicht drehen und deuteln wollen, wenn wir Ja Ja und Nein Nein bleiben lassen wollen, kurz wenn wir als ehrliche auf= richtige Menschen sprechen wollen, so müssen wir bekennen: wir sind keine Christen mehr." Erst dann, wenn diese Wahrheit allgemein anerkannt ist, werden die Verfälschungen des Christenthums auf= hören, und eine wahre Erkenntniß von dem Wesen desselben wird sich wieder in vielen Kreisen verbreiten, aus denen sie jetzt gänz= lich verschwunden ist. So lange noch Menschen, die ihrer ganzen Anschauungsweise nach dem Christenthum entfremdet sind, sich als die Vertreter des wahren Christenthums geberden können, wird ein großer Theil unserer Mitlebenden über das Wesen desselben gerade= zu betrogen.

Ich glaubte nun das alles vorauszuschicken zu müssen, um den Standpunkt bezeichnen zu können, von dem aus die harten und un= gerechten Urtheile des Cultusministers Dr. Falk über die Bischöfe erst begreiflich werden. Ob er einer Anschauungsweise wie die Schleiermacher's huldigt, ob er dem Protestantenverein innerlich an= gehört, ob er sich sonst eine beliebige Deutung von Christus und Christenthum gemacht hat, weiß ich nicht. Gewiß gehört er aber zu denen, die nach Strauß nicht mehr das Recht haben, sich Chri= sten zu nennen, weil sie den übernatürlichen Charakter seines Stif= ters und damit auch seiner Lehren und der Einrichtungen seiner Kirche nicht mehr anerkennen. Von diesem Standpunkte aus er= geben sich seine Urtheile über die Bischöfe und ihren Widerstand gegen die Kirchengesetze wie von selbst. Weil er den wahren Grund ihrer Handlungsweise, der ganz im christlichen Glauben liegt, nicht versteht, sucht er andere Gründe, welche ebenso unwahr, wie un= gerecht sind.

II.

Es wird nun leicht sein, die Richtigkeit des Gesagten an jener Rede nachzuweisen. Sie bekundet in jedem Satze die eine Wahrheit, daß der Cultusminister sich in die Seele eines gläubigen Christen gar nicht hineindenken kann.

Der Herr Cultusminister sagt:

„Wenn ich mich dabei auf den Standpunkt der Staatsregierung stelle, so sehe ich zunächst, daß sich die Bischöfe Preußens mit einander verbündet haben, das Gesetz des Staates, dem sie angehören, das Gesetz des Landes, das für die meisten unter ihnen das Vaterland ist, geringer zu achten, als den Wink eines Mannes außerhalb des Vaterlandes." (Lachen im Centrum, Zischen rechts.)

Das kleine Sätzchen ist voll von Unrichtigkeiten, von Vorwürfen und Ausdrücken, welche das katholische Gefühl tief verletzen.

Erstens ist es thatsächlich durchaus unrichtig, daß die Bischöfe bei den Berathungen über ihre Haltung den Kirchengesetzen gegenüber nach Anweisungen von Rom gehandelt hätten. Ich habe denselben angewohnt und kann aus eigener Wahrnehmung sagen, daß keine Art von Mittheilung des Papstes hierüber in der Versammlung der Bischöfe auch nur erwähnt worden ist. Die Bischöfe waren vielmehr sowohl auf Grund des bestehenden historischen Rechtes, als auf Grund der ewigen und unabänderlichen Glaubenssätze der Kirche über die von Christo selbst angeordnete Verfassung derselben vollkommen und vom ersten Augenblicke an darüber klar, daß die Kirchengesetze einerseits den Bruch des bestehenden Rechtszustandes enthielten und andererseits sich im vollen Widerspruch mit dem katholischen Glauben befänden. Wie sehr dies der Fall war, haben die Bischöfe durch die betreffenden eingehenden Denkschriften und Eingaben an die Staatsregierung ausführlich bewiesen. Sie bedurften daher keiner Anweisung von Rom und eine solche ist auch nicht erfolgt. Da die oben genannten Schriftstücke dem Cultusminister, an den sie ja theilweise gerichtet waren, bekannt sind, so ist es völlig unbegreiflich, wie er das alles übersehen und in dem Abgeordnetenhause von „Winken" von Rom sprechen konnte, um daraus das Verfahren der Bischöfe zu erklären.

Das ist die Unrichtigkeit in diesem Satze. Der übrige Inhalt besteht nur aus Beleidigungen und Kränkungen. Es ist eine Beleidigung aller Katholiken, das Oberhaupt der katholischen

Kirche als einen „Mann außerhalb des Vaterlandes" zu bezeichnen.
Es ist eine ungerechte Kränkung sämmtlicher katholischer Bischöfe
in Preußen, wenn auf diese Männer, welche so oft in großer Ge=
wissensnoth der Staatsregierung erklärt haben, daß sie deshalb zum
Vollzuge der Kirchengesetze nicht mitwirken könnten, weil diese im
offenbarsten Widerspruche mit den Glaubenssätzen der katholischen
Kirche und mit ihrer auf göttlicher Anordnung beruhenden Ver=
fassung ständen, den Schein zu werfen, als ob sie gedankenlos,
nach bloßen „Winken" von Außen handelten. So handeln nicht
ehrenhafte und besonnene Männer in so ernsten Fragen.

Aehnlich verhält es sich mit dem Vorwurfe, daß die Bischöfe
solche „Winke" höher achten als „das Gesetz des Staates, dem sie
angehören, das Gesetz des Landes, das für die meisten aus ihnen
das Vaterland ist." Welche bittere Sprache Männern gegenüber,
die ausnahmslos bis zum Erlaß der Kirchengesetze nicht nur selbst
die Gesetze ihres Vaterlandes treu beobachtet, sondern auch vielfach
in schwerer Zeit ihr heiliges Amt dazu verwendet haben, dieselbe
Gesinnung in ihren Diöcesen zu verbreiten!

Doch wir können uns über diese kränkenden Vorwürfe nicht
wundern. Der Herr Cultusminister versteht es nicht anders. Er
kann sich von christlichen Männern, die im Papste das Oberhaupt
der Kirche verehren, die an eine göttliche Einrichtung der Kirche
glauben, die bei der gewissenhaftesten Beobachtung aller Staats=
gesetze nur da nicht gehorchen, wo diese mit den Gesetzen Gottes in
Widerspruch treten, keinen Begriff machen. Dazu gehört einige Einsicht
in das Wesen des christlichen Glaubens, welcher auf der innern Ueber=
zeugung von der Göttlichkeit des Christenthums beruht. Gläubige Prote=
stanten können diese Gesinnung ihrer katholischen Mitbrüder verstehen.
So lange der christliche Staatsgedanke in Preußen herrschte, verstanden
ihn auch die preußischen Minister. Der Herr Cultusminister ver=
steht ihn nicht; daher sein Urtheil. Ein Blick in jeden katholischen
Katechismus hätte ihn belehren können, daß die Bischöfe nicht
nöthig hatten, sich „Winke" von Rom geben zu lassen, um die
Ueberzeugung zu gewinnen, daß sie den Kirchengesetzen nicht folgen
können, ohne die göttliche Ordnung ihrer Kirche zu zerstören. Aber
auch die Bedeutung eines Katechismus ist ihm unbekannt, weil
dazu Vorbegriffe gehören, die ihm fehlen: daß nämlich Christus
wahrer Gott und daß folglich seine Lehre göttliche Offenbarung

ist. Daher sucht er nach anderen Erklärungsgründen für das Ver=
fahren der Bischöfe und findet sie in „Winken." Er konnte dazu
um so leichter veranlaßt werden, da ja leider die willenloseste
Hingabe an „Winke" in den Kreisen, welche ihn umgeben, immer
mehr Gebrauch wird.

An die eben besprochene Aeußerung knüpft nun Herr Dr. Falk
eine Beweisführung, die insofern sehr belehrend ist, als sie uns an
einem greifbaren Beispiele vor Augen stellt, auf welche Gründe hin
der Herr Cultusminister seine Ansichten bildet, wenn es sich um
katholische Angelegenheiten handelt. Auf das Lachen und Zischen,
welches die Auslassung über den „Mann außerhalb des Vater=
landes" veranlaßte, antwortet er: „Ja, m. H., Sie zischen und
Sie lachen. Wollen Sie erst an einige Momente erinnert sein,
die beweisen, daß das so ist?" Damit beginnt er nun seinen
Beweis, dessen Gegenstand in diesem Zusammenhang nur der ver=
suchte Nachweis sein kann, daß die preußischen Bischöfe lediglich auf
„Winke" vom Papste die Opposition gegen die Kirchengesetze be=
gonnen hätten. Wir haben bereits gesehen, daß dies thatsächlich
durchaus unrichtig und nur eine Vermuthung des Herrn Dr. Falk
ist. Wenn man aber bei einer Frage vorgefaßte Urtheile mit=
bringt, so genügen zur Begründung derselben auch Beweise, die an
sich keine sind. So ist es hier dem Herrn Dr. Falk ergangen.
Zum Beweise nämlich, daß die Bischöfe auf „Winke" gehorchen,
bezieht er sich erstens auf ihr Verhalten in Rom, zweitens
darauf, daß der Papst in der letzten Encyklika ihr Vorgehen belobt
habe und endlich drittens, daß die Bischöfe später bei einer
andern Frage sich nach Rom gewendet hätten. Wenn er dann
zum Schlusse dieser Ausführung sagt: „Und nun fassen Sie die
Thatsachen, die zu vermehren und auszudehnen, keine große Kunst
sein würde, zusammen, und dann bezweifeln Sie noch, daß diese
Abhängigkeit der Bischöfe von Rom thatsächlich stattfindet;" so
verändert er damit schon sehr geschickt den Gegenstand, welchen er
zu beweisen versprochen und unternommen hatte. Es lag ihm
nämlich nicht ob zu beweisen, daß katholische Bischöfe in einer ge=
wissen Abhängigkeit von Rom stehen — das ist eine allbekannte,
in dem Wesen des Katholicismus begründete Thatsache — sondern
vielmehr, daß die Bischöfe bei ihren Beschlüssen über die Kirchen=
gesetze nach „Winken" von Rom gehandelt haben. Das hatte er
behauptet und das wollte und mußte er beweisen. Wie überaus

kläglich aber dieser Beweis ausgefallen ist, ja wie das, was er be=
weisen will, mit den Gründen, die er dafür angibt, auch nicht
einmal in Zusammenhang steht, ergibt eine kurze Prüfung der von
ihm angeführten Thatsachen.

Der Cultusminister beruft sich nämlich erstens auf das Ver=
halten der Bischöfe in Rom. Direct hängt das natürlich mit den
Kirchengesetzen in keiner Weise zusammen. Dr. Falk konnte also
mit dieser Bezugnahme nur die Absicht haben, den Charakter der
Bischöfe anzugreifen und damit anzudeuten, daß ja die Bischöfe
auch in Rom lediglich auf „Winke" hin ihr Votum bei den
Concilsbeschlüssen gebildet hätten und daß man deshalb berechtigt
sei, Aehnliches bei den Verhandlungen über die Kirchengesetze vor=
auszusetzen. Wenn das aber, wie nicht zu bezweifeln, der Ge=
dankengang ist, so verdächtigt er damit die Ehrenhaftigkeit der ka=
tholischen Bischöfe in einer so ungerechtfertigten Weise, daß ich sie
nur mit der tiefsten Indignation zurückweisen kann. Man kann
einem katholischen Bischofe keinen schwererern Vorwurf machen,
als bei Entscheidungen über Glaubenssätze nach „Winken" ge=
handelt zu haben. Das wäre die schwerste Verletzung der bi=
schöflichen Pflichten bei der wichtigsten und ernstesten Berufshand=
lung. Der Herr Cultusminister hat nicht das Recht, seine amtlichen
Urtheile über die Bischöfe auf jenes schmachvolle Lügengewebe zu
bauen, mit dem in der Concilszeit eine bekannte Partei Deutsch=
land betrogen hat, wenn er nicht zu einem einseitigen Parteimann
herabsinken will. Noch nie ist es einem vernünftigen Manne zum
Vorwurfe gemacht worden, wenn er aus hinreichenden Gründen
einer früheren Meinung entsagt; und noch nie ist es einem katho=
lischen Bischofe, der an die Leitung eines übernatürlichen Beistandes
im Concil glaubt, zum Vorwurfe gemacht worden, wenn er, sogar
in einer reinen Opportunitätsfrage, sich nach langer Discussion der
unermeßlichen Majorität seiner Amtsbrüder unterwirft. Das aber
haben die deutschen Bischöfe gethan. Nur Unverstand und Bosheit
konnte es wagen, darin eine charakterlose Handlung zu finden. Die
Aufgabe eines Bischofes auf einem Concil ist nach vernünftiger
und nach katholischer Anschauungsweise nicht die, eine vor dem
Concil gefaßte Meinung mitzubringen und sie dann ohne Rücksicht
auf die Discussion, auf die Meinung aller andern Bischöfe mit
starrem Eigensinn festzuhalten, sondern die eigene Ueberzeugung
mit voller Offenheit auszusprechen und dann nach dem Gange der

Verhandlungen und nach dem höheren Geiste, der das ganze Concil durchdringt, sich eine Schlußansicht zu bilden. Das erstere Verfahren wäre nicht die Handlungsweise eines vernünftigen Menschen und noch weniger die eines Christen, eines Bischofes, sondern die eines unvernünftigen Eigensinnes. Und doch ist es diese Handlungsweise, die uns zugemuthet wird, und weil wir nicht so gehandelt haben, werden wir als charakterlose Menschen geschmäht, welche lediglich auf „Winke" von Oben, ohne eigene Ueberzeugung handeln. Und diese ehrlose Gesinnung wagt der Cultusminister den deutschen Bischöfen vorzuwerfen, und macht sich dadurch zum Gesinnungsgenossen jener abgefallenen Priester, die ihren Abfall durch Unwahrheiten gegen ihre rechtmäßigen Bischöfe zu verbergen suchen. Eine so feindselige und grundlose Verdächtigung ist aber gewiß kein Beweis für das, was der Minister hier beweisen will, daß nämlich die Bischöfe bei Ablehnung der Kirchengesetze lediglich auf „Winke" von Rom gehandelt haben.

Man möge mir gestatten, hier eine Bemerkung einzuschalten. Die liberale Partei wird nicht müde, Männer herabzuwürdigen und als charakterlose Werkzeuge fremder „Winke" hinzustellen, welche nach anhaltender, eingehender sachlicher Prüfung, erfüllt von dem Glauben der katholischen Kirche, daß auf einer allgemeinen Kirchenversammlung ein übernatürlicher Beistand Gottes die Verhandlungen leitet, in einer rein formellen Frage, ihre Ansicht der Ansicht des Oberhauptes der Kirche und der weitaus überwiegenden Mehrzahl ihrer Mitbrüder unterworfen haben. Dieselbe Partei findet aber keine Worte, um die Größe und Stärke eines Mannes zu verherrlichen, welcher sein ganzes Leben hindurch bis in das vorgeschrittene Mannesalter, wo in der Regel charaktervolle Männer ihre Grundsätze für das Leben lange gebildet haben, ein hervorragender Vertheidiger der christlichen Weltanschauung und der erbittertste Gegner der liberalisirenden Weltanschauung gewesen ist, und nun plötzlich, seit jene ihn an der Durchführung seiner Pläne zu hindern und diese ihm dagegen für diesen Zweck nützlich zu sein schienen, seinen ganzen Einfluß dazu verwendet, seine früheren Gesinnungsgenossen zu bekämpfen und seine früheren Gegner zu unterstützen, die eigene Gesinnung seines ganzen Lebens als reichsfeindlich zu verfolgen und dagegen alle Grundsätze zur Herrschaft zu bringen, die er früher für staatsgefährlich gehalten. Diese Parallele beweist recht handgreiflich, was von jenen Urtheilen der liberalen Partei über katholische Bischöfe, in die Dr. Falk einstimmt, zu halten ist.

Ebenso nichtig aber, wie der vorherbesprochene erste Beweis des Ministers, sind die beiden folgenden. Der Papst hat in der neuesten Zeit die Haltung der Bischöfe in Preußen belobt. Daraus schließt er nun sofort, daß dieselben Bischöfe, als sie vor vielen Monaten die Erklärung abgaben, zum Vollzuge der Kirchengesetze nicht mitwirken zu können, lediglich auf „Winke" von Rom gehandelt hätten. Ein willkürlicheres Beweisverfahren ist wohl nicht denkbar. Nach demselben könnte man allgemein behaupten, daß, so lange Bischöfe ihr bischöfliches Amt zur Zufriedenheit des Oberhauptes der Kirche verwalten, sie dadurch zu erkennen geben, daß sie auf Befehl von Rom handeln und daß es für einen katholischen Bischof kein anderes Mittel gibt, diesen Schein zu vermeiden, als wenn er sich in Opposition mit dem Oberhaupte der Kirche setzt. Dieser Herzenswunsch ist denn auch in vielen ohne Zweifel vorhanden und unter dieser Bedingung würde man gerne bereit sein, jedem Bischof unbegrenztes Lob über seine Charakterstärke und Unabhängigkeit zu spenden.

Endlich soll auch daraus, daß bei einer späteren Versammlung der Bischöfe der Beschluß gefaßt wurde, dem Heiligen Vater eine Angelegenheit, welche zu einigen Zweifeln Veranlassung gegeben hatte, zur Entscheidung vorzulegen, der Beweis geführt werden, daß dieselben auch früher, als es sich um Kirchengesetze im Allgemeinen handelte, lediglich nach päpstlicher Anweisung gehandelt hätten. Wir wollen nun kein Gewicht darauf legen, daß der Cultusminister über den Vorgang auf der betreffenden Versammlung sehr wenig genau unterrichtet war, da von einer „Majorität" und von einer „Minorität" und von einer „Unterwerfung der Minorität der Bischöfe unter die Majorität" hier gar keine Rede war, sondern lediglich von einer kurzen Besprechung eines Gegenstandes, die noch manche gewichtige Zweifel auf allen Seiten zurückließ. Die Eindrücke, welche die lügenhaften Berichterstattungen über das Concil auf den Herrn Minister gemacht haben, sind offenbar so mächtig, daß ihm, wo immer sich einige Bischöfe zu einer freundschaftlichen Besprechung zusammenfinden, sofort kämpfende Majoritäten und Minoritäten vor Augen schweben. Wenn er einmal unsere friedlichen und einmüthigen Verhandlungen sehen könnte, würde er nicht wenig über die Größe seines Irrthums erstaunt sein. Wenn aber die Bischöfe in

diesem Fall eine Anfrage an den Heiligen Vater stellten, während
sie bei der Berathung über die Kirchengesetze es nicht thaten, so liegt
der natürliche Grund dieser Verschiedenheit eben darin, daß ihnen
die offenbaren Glaubenssätze der katholischen Kirche über das Ver=
halten, welches sie den Kirchengesetzen gegenüber einzuschlagen hat=
ten, auch nicht den mindesten Zweifel übrig ließen. Katholische Bi=
schöfe fragen eben in Rom nur dann an, wenn sie zweifelhaft sind,
nicht aber, wenn, wie dies in der Regel der Fall ist, die allbekann=
ten Grundsätze der Kirche über eine Frage hinreichenden Aufschluß
geben.

Damit ist denn der Beweis des Herrn Dr. Falk, daß die
Bischöfe lediglich auf „Winke" von Rom handeln, zu Ende. Eine
Verdächtigung des Charakters der Bischöfe, ein Hinweis darauf, daß
der Papst nachträglich das Verfahren der Bischöfe gebilligt hat, end=
lich der Umstand, daß die Bischöfe in einem anderen Falle eine
Anfrage nach Rom gerichtet haben, sind ihm „Thatsachen, die zu
vermehren und auszudehnen keine große Kunst sein würde" und
worauf er seinen Beweis stützt. Daß es keine große Kunst wäre,
solche Thatsachen zu vermehren, geben wir gerne zu; ebenso ge=
wiß ist es aber auch, daß sie nicht beweisen, was der Minister be=
weisen wollte.

Nach diesem gänzlich verunglückten Beweise fährt dann Dr.
Falk in seiner Rede und in seinen Anklagen gegen die Bi=
schöfe fort:

„Die Bischöfe haben das Wort, was sie damals aussprachen,
das Staatsgesetz zu mißachten, wie ich anerkennen muß, redlich ge=
halten; sie haben es nicht bloß mit Worten und schärfsten Worten
wiederholt, sondern durch Thaten bestätigt; sie haben das gethan
einer Regierung gegenüber, die ihnen auf das Loyalste entgegenkam."
(Ruf: Oh! Oh!)

Auch hier ist wieder dieselbe bittere Sprache. Es fehlt dem
Herrn Minister offenbar alle Fähigkeit, seine Worte billig zu be=
messen, wenn er von Bischöfen der katholischen Kirche redet. Wie
könnte er sonst eine, dem Gewissen von Männern, welche, um es
immer zu wiederholen, bis vor wenigen Jahren auch von der Staats=
regierung als treue und ergebene Unterthanen stets anerkannt waren,
mit Gewalt abgenöthigte und abgepreßte Erklärung, daß sie diese
Gesetze nicht befolgen könnten, ohne Gottesgesetz zu übertreten, als
ein gegebenes Wort deuten, „das Staatsgesetz zu mißachten?"

Der Schrei des Gewissens eines Christen, dem die Verleugnung seines christlichen Glaubens zugemuthet wird, ist doch etwas anders als Mißachtung des Staatsgesetzes. Diese Auffassung des Herrn Dr. Falk erinnert ganz lebhaft an das Urtheil der Heiden über die Christen in den ersten Jahrhunderten. Auch sie wurden Verächter des Staatsgesetzes genannt, wenn sie den Götzen und den Bildnissen der heidnischen Kaiser, welche göttliche Verehrung in Anspruch nahmen, nicht huldigen wollten. Der Herr Minister ist eben seines Standpunktes wegen nicht mehr fähig, die schmerzliche Lage eines Christen nachsichtig und billig zu beurtheilen, der durch die Gesetze einer Staatsgewalt, die er nach Christengesetz achtet und ehrt, in die traurige Nothwendigkeit versetzt wird, das Non licet der alten Christen, es ist nicht erlaubt, diese Gesetze zu befolgen, auszusprechen. Er kann sich in die Lage eines gläubigen Christen, welcher an Wahrheiten glaubt, die Gott geoffenbart hat, und an Gesetze über die Verfassung seiner Kirche, die Gott gegeben hat, gar nicht mehr hineindenken. Darum erscheint ihm diese Gesinnung, diese ganz christliche Gesinnung, in dem Lichte einer sträflichen Mißachtung des Staatsgesetzes.

Wie aber derselbe Minister nach Allem, was seit zwei Jahren geschehen ist, von einem Entgegenkommen den Bischöfen gegenüber, ja von dem „loyalsten“ Entgegenkommen sprechen kann, ist wahrlich unerfaßbar.

Da ist man fast versucht anzunehmen, daß nachdem er die Bischöfe als willenlose Werkzeuge des Papstes hingestellt und ihnen vor dem ganzen Lande die unbilligsten Vorwürfe gemacht hat, er sie endlich gar verspotten will. Welche andere Bedeutung kann denn diese Bemerkung haben. Dr. Falk hat selbst bei der Vorlage der betreffenden Gesetze erklärt, daß es sich darum handele, die katholischen Geistlichen „innerlich und äußerlich“ frei zu machen; innerlich durch die Bildung und äußerlich durch die Art ihrer Stellung. An Bildung im wahren Sinne stehen die katholischen Priester keinem Stande nach. Sie besuchen dieselben Gymnasien, unterziehen sich denselben Prüfungen der Reife für die höheren Studien, verwenden mindestens dieselbe, vielfach eine längere Zeit auf die akademischen Studien, wie die übrigen Studirenden und übertreffen sie nicht selten an Fleiß und Ausdauer. Welche Art von innerer Bildung und äußerer Stellung aber dem Klerus zugedacht ist, habe ich in der Schrift: „Die preußischen Gesetzentwürfe,“ eingehend nachgewiesen. Sie machen den katholischen Klerus von Papst und Bischöfen innerlich und äußerlich unabhängig und von Staatsbeamten innerlich und äußerlich völlig abhängig; sie entziehen die Bildung des katholischen Klerus und die Handhabung der Kirchenzucht in letzter Instanz den Bischöfen, welche, wie das Wort Gottes sagt, „vom heiligen Geiste gesetzt sind, die Kirche Gottes zu regieren [1]," und übertragen sie dem Cultusminister; sie setzen den Klerus der höchsten Gefahr einer Bildung aus, welche ihn dem katholischen Glauben entfremdet und der modernen Weltanschauung überliefert; sie entziehen die gesammte oberste Leitung der Kirche den Organen, die Gott gesetzt hat, um sie den Organen zu übertragen, die der Staat gesetzt hat; sie vernichten in wesentlichen Punkten die katholische Kirchenverfassung und zwingen der katholischen Kirche eine protestantische Kirchenverfassung und zwar in ihrer modernsten Form auf; sie laufen mit einem Worte auf die Vernichtung der katholischen Kirche hinaus, wie sie nach der Glaubenslehre der Katholiken von Gott eingerichtet ist und in der ganzen Welt besteht; sie stimmen endlich ihrem Inhalte nach ganz genau mit jenen Gesetzprojecten überein, welche nach der ausgesprochenen Absicht der Wortführer der liberalen Partei den Zweck haben, den Einfluß der katholischen Kirche auf das Volk zu brechen und auf den Staat zu übertragen, die Kirche selbst aber allmälig jeder Lebensthätigkeit zu berauben und sie trocken zu legen. Und das nennt Herr Dr. Falk loyales Entgegenkommen. Haben sich denn seit zwei Jahren alle Begriffe in Deutschland so vollständig umgestaltet und verwirrt, daß man die Untergrabung der katholischen Kirchenverfassung ein loyales Entgegenkommen nennen und uns Katholiken, ja selbst den katholischen Bischöfen zumuthen darf, einem solchen Urtheile beizustimmen?

Die nächste Periode in der Rede des Herrn Cultusministers ist wieder ein treffender Beleg für die Richtigkeit unserer Ansicht über seinen religiösen Standpunkt, welcher ihn verhindert, jene Werthschätzung göttlicher Institutionen und göttlicher Lehren, wie sie sich bei gläubigen Christen findet, zu verstehen. Er versichert, noch längere Zeit die Hoffnung gehabt zu haben. „Einsicht, Vaterlandsliebe, Mitleid mit den Diöcesanen würden doch noch in den Bischöfen so mächtig sein, um ein freundliches Verhalten über die Aus-

---

1) Apostelg. 20, 28.

führung der Maigesetze zu ermöglichen." Diese Hoffnung sei nicht in Erfüllung gegangen. Die Bischöfe seien vielmehr vom passiven zum activen Widerstand übergegangen, während er „nur gradatim, nicht auf einmal, sondern Schritt für Schritt," vorgegangen sei. „Es hat Alles," fährt er fort, „nichts gefruchtet. Die Bischöfe haben es sich nicht nahe gehen lassen, daß die ihnen untergebene Geistlichkeit in ernste Mitleidenschaft gezogen wurde. Es ist ihnen nicht nahe gegangen — wenigstens haben sie es nicht durch die That bestätigt — wenn junge Leute, die in ihrer Ausbildung begriffen waren, ihrem Berufe entrissen wurden. Es ist ihnen auch nicht nahe gegangen — und das ist ein besonders schweres Moment — daß die bürgerlichen Verhältnisse ihrer Diöcese in arge Verwirrung geriethen, woraus nicht bloß vermögensrechtliche, sondern auch schwere sittliche Nachtheile für die Betheiligten entstehen müssen." Später scheint ihm dieser vorausgesetzte Mangel an Mitleiden seitens der Bischöfe sogar ein Beweis ihrer Gewissenlosigkeit zu sein, indem er sagt: „Auch andern ist es dann so leicht, mit dem Gewissen fertig zu werden, wenn man, wie ich schilderte, so viele unverständige, der Obhut anvertraute Personen schwer leiden sieht — und zwar von Tag zu Tag mehr — wie ich vorhin andeutete. Kann man denn auch mit dem bischöflichen Gewissen vereinigen — wie es auch gepriesen worden ist — wenn jener vorhin von mir erwähnte Erzbischof auf die maßvolle, durch das Gesetz dem Oberpräsidenten zur Pflicht gemachte Handlung der Aufforderung, das Amt niederzulegen, in höhnender Selbstüberhebung sich selbst glorificirt?"

Auf alle diese Anklagen gibt es vom christlichen Standpunkte eine sehr einfache Antwort. An „Einsicht" und an „Vaterlandsliebe" hat es den Bischöfen gewiß ebenso wenig gefehlt, wie an „Mitleid," ja an tiefstem Seelenschmerz über die vielen Leiden, welche aus diesen religiösen Wirren für den Klerus, wie für das katholische Volk entspringen. Der einfache Grund, warum sie dennoch so handelten, liegt aber darin, daß der Christ, der an eine göttliche Offenbarung und an eine göttliche Einrichtung der Kirche Christi glaubt, aus Mitleiden und zur Vermeidung der Nachtheile, welche mit dem Bekenntniß des christlichen Glaubens verbunden sind, das Gesetz Gottes nicht übertreten darf. Die ganze Geschichte der christlichen Kirche hätte hiefür dem Herrn Minister ein Beleg sein können. Was sind das doch für Ansichten, welche hier der

Cultusminister ausspricht! Wir Christen halten es nicht für „Einsicht“ und „Vaterlandsliebe,“ wenn diejenigen, welche von Christus bestellt sind, Hirten seiner Kirche zu sein, ruhig zusehen, wenn das Vaterland in Gefahr ist, die Segnungen des Christenthums zu verlieren; wir Christen halten es nicht für ein wohlgeordnetes, aus der Wahrheit, aus der Liebe Gottes und aus der ächten Nächstenliebe entspringendes „Mitleiden“ mit dem christlichen Volke, wenn diese bestellten Hirten, um augenblickliche Nachtheile zu verhüten, das Volk dem unermeßlichen Nachtheil aussetzen, jene Güter einzubüßen, die Christus uns gebracht hat. Bei einer solchen Sachlage sind gefühlvolle Redensarten: „Die Bischöfe haben es sich nicht nahe gehen lassen . . . es ist ihnen nicht nahe gegangen . . . es ist ihnen auch nicht nahe gegangen“ ꝛc., wahrlich nicht am rechten Platze. Wie kann Herr Dr. Falk in dem Augenblicke, wo er den Herzen dieser friedliebenden Männer tausend Wunden geschlagen hat, sagen, daß ihnen diese Zustände nicht nahe gehen! Wird er denn wagen, daraus, daß der letzte Krieg tausend- und tausendfaches Wehe über so viele Familien gebracht hat, zu folgern, daß alle jene, die ihn geleitet haben, deßhalb kein Mitleid mit dem Volke gehabt hätten?

Wenn er aber darauf hinweisen wird, daß ja die Güter, welche dieser Krieg dem Volke schützen sollte, höher stehen als alle die Leiden, welche der Krieg gebracht hat, so sollte er bedenken, daß nach christlicher Anschauungsweise jene Güter, die das Christenthum birgt, einer noch höhern Ordnung angehören! Es handelt sich nicht darum, ob der Herr Cultusminister dieser Ansicht vom Werthe des Christenthums und von dem Zusammenhang der Segnungen des Christenthums mit der Existenz der Kirche persönlich beipflichtet; in seiner amtlichen Stellung ist er verpflichtet, auch auf die Anschauung gläubiger Christen Rücksicht zu nehmen. Es sind daher nicht die Bischöfe schuld an den schweren Leiden, welche jetzt in Folge dieser kirchlichen Kämpfe über den Klerus und über das katholische Volk kommen. Der Herr Minister trägt vielmehr selbst den größten Theil der Schuld, für die er die Bischöfe verantwortlich machen will, und an ihn wäre die Frage wohl berechtigt, ob ihm denn alle diese Noth und dieses Elend, das von Tag zu Tage zunimmt, nicht nahe geht, ob ihn denn die Vaterlandsliebe nicht davon abhält, diesen Feuerbrand innerer religiöser Kämpfe mehr und mehr zu entzünden, lediglich und allein zur Befriedigung intoleranter Forderungen einer dem Christenthum entfremdeten Partei! Nicht die Bischöfe sind deßhalb gewissenlos, weil sie für die Sache kämpfen, die sie als Katholiken für die Sache Christi halten; nicht ihr Gewissen wird einst über das alles, was jetzt geschieht, vor Gottes Thron Rechenschaft ablegen müssen, sondern das Gewissen des Herrn Ministers!

Wir kommen jetzt zum Schluß der Rede des Herrn Dr. Falk, soweit sie uns angeht, um seinen Standpunkt und seine Angriffe gegen die katholischen Bischöfe zu beleuchten.

Nach diesen Klagen über die Hartherzigkeit der Bischöfe wenden sich seine Gedanken wieder seiner Theorie von den „Winken“ zu, welche die katholische Kirche nach der Meinung des Herrn Ministers regieren sollen. Er vervollständigt jetzt das Bild, welches er sich von der Kirche entworfen hat.

Vorher hörten wir, wie nach der Ansicht des Herrn Dr. Falk die Bischöfe lediglich durch „Winke“ des Papstes, oder, wie er zu sagen beliebte, „eines Mannes außerhalb des Vaterlandes“, bei Ausübung ihres bischöflichen Amtes geleitet werden. Hier sieht er jetzt „einen Klerus abhängig in jeder Beziehung von den Bischöfen, ihrem Winke folgend, trotz der daraus folgenden Nachtheile, einen Klerus, der den activen Widerstand, wenigstens soweit er in Verbreitung von Erregung in den Massen besteht, mit Freuden und geschicktem Eifer — ich leugne das gar nicht — in die weitesten Kreise hineinträgt.“ Wie also die Bischöfe von außen her durch „Winke“ geleitet werden, so wird auch wieder, wie der Herr Minister hier versichert, der Klerus von seinen Bischöfen durch „Winke“ geleitet; wie die Bischöfe in jeder Beziehung abhängig vom Papste sind, so ist hinwiederum der Klerus in jeder Beziehung abhängig von den Bischöfen, und wie die Bischöfe es sich nicht nahe gehen lassen, Klerus und Volk in große Nachtheile zu bringen, so übt der Klerus dieses Geschäft der „Erregung in den Massen“ sogar „mit Freuden und geschicktem Eifer.“ Bezüglich dieser Abhängigkeit des Klerus „in jeder Beziehung“ hat der Abgeordnete Windthorst ihm geantwortet: „M. H.! dann hat der Minister gesagt, das Moment, daß der ganze Klerus mit wenigen Ausnahmen zu seinem Bischofe stehe, komme für ihn nicht in Betracht; der Klerus sei abhängig, könne sich nicht bewegen. Nun, Herr Minister, Sie haben ja die Herren des Klerus frei gemacht, sie sind vollständig emancipirt von den Bischöfen, sie können gegen jede Maßregel am Gerichtshofe appelliren. Und doch rühren sie sich nicht und stehen freiwillig zu ihren Bischöfen:

das ist der Beweis, daß der Klerus aus seiner freien Ueberzeug=
ung handelt und auf einem andern Boden steht als die Miethlinge."
Das war eine treffende Bemerkung. Das ganze Gerede von „einem
Klerus, abhängig in jeder Beziehung von den Bischöfen," so wirk=
sam es früher benutzt worden ist, um irrige Vorstellungen von der
Kirche zu verbreiten, hat doch jetzt gar keinen greifbaren Sinn mehr.
Das war ja der Zweck der Gesetze, welche der Herr Minister vor=
gelegt hat, den Klerus äußerlich durch seine Stellung frei zu machen.
Wenn der Klerus von dieser gesetzlichen Befugniß keinen Gebrauch
macht, wenn er in diesem Conflicte treu zur Seite der Bischöfe steht,
wenn er es thut unter den empfindlichsten Nachtheilen, so ist das ja
ein offenbarer Beweis, daß er weder früher nach „Winken" gehan=
delt, noch jetzt in Folge eines äußeren gewaltthätigen Zwanges so
verfährt, sondern nach freier innerer Selbstbestimmung, nach eigener
Ueberzeugung und nach der Stimme seines Gewissens. Wenn der
Herr Minister sieht, wie diese jungen Priester, welche nach langjäh=
rigen mühevollen Studien, oft unter recht dürftigen Verhältnissen,
endlich zu einer kärglichen materiellen Existenz gekommen sind, jetzt
ohne Bedenken auf alles verzichten, sogar ihre ganze Zukunft damit
gefährden, um die Leiden der Kirche mit ihren Bischöfen zu tragen,
so mußte ihm doch bei einiger vernünftiger Erwägung eine Ahnung
davon aufgehen, daß eine solche uneigennützige Handlungsweise auf
höheren und edleren Beweggründen beruhen müsse als auf denen,
welche der Herr Minister voraussetzt.

Er bleibt aber bei seinen „Winken" stehen, bei seiner Ueber=
zeugung von einem Klerus, „abhängig in jeder Beziehung von seinen
Bischöfen," bei seinem lieblosen Urtheile von Priestern, die „mit
Freuden" „Erregung in den Massen" verbreiten. Der wahre, in der
edelsten Gesinnung begründete Beweggrund, der Glaube dieser Prie=
ster, ihre Liebe zu Christus und seiner Sache, ist seinen, wenn es
sich um die katholische Kirche handelt, immer das Niedrigste suchen=
den Blicken, verborgen, weil er den Glauben des Christen nicht kennt,
und deßhalb auch nicht die Bedeutung einer Autorität, welche im
Namen Christi geübt wird.

Aber auch beim Klerus bleibt die Theorie von den „Winken"
des Herrn Ministers noch nicht stehen. Es fehlt noch das letzte
Glied, das christliche Volk, und auch auf dieses findet dieselbe An=
wendung. Er gesteht, „daß ein sehr großer Theil der katholischen
Bevölkerung" mit den Bischöfen und seinem Klerus übereinstimmt,

er tröstet sich aber damit, daß dies „aus Mißverstand" geschehe. Später führt er dann diesen Gedanken noch weiter aus. Man habe auf den „Ausgang der Wahlen" hingewiesen als ein „entscheidendes Votum der Bevölkerung", man habe sie gepriesen als ein „Plebiscit des katholischen Volkes." Man dürfe aber den Wahlen diese Bedeutung nicht beimessen, weil sie nur durch falsche Vorspiegelungen veranlaßt worden seien. Namentlich habe sich die arge Unwahrheit Glauben verschafft, „der Staat wolle den katholischen Glauben zerstören." Das sei eine „arge Unwahrheit," eine „arge Lüge." Man habe es daher mit einer „mißleiteten, irregeleiteten Bevölkerung zu thun." Der Herr Minister erlaubt sich sogar als ein Moment, welches in Betracht gezogen werden müsse, um diese Irreleitung des katholischen Volkes zu verstehen, ausdrücklich auf den „Beichtstuhl" hinzuweisen. Wenn er dabei sagt, daß er in Bezug auf ihn nur „Vermuthungen hegen könne", so ist es höchst bezeichnend, daß wir bereits so weit gekommen sind, daß protestantische Minister auf bloße „Vermuthungen" hin so schwere Verdächtigungen gegen katholische Institutionen in dem Abgeordnetenhause vorbringen können. Wie übrigens der „Beichtstuhl" diese Herren beschäftigt, geht daraus hervor, daß auch der Herr Reichskanzler nur zu gerne ihn erwähnt. Er scheint vielfach Gegenstand vertraulicher Gespräche in ministeriellen Kreisen zu sein. Daß sich dann auf diesem Gebiete der „Vermuthungen" protestantische Vorurtheile ungehindert die schreckhaftesten Vorstellungen machen können, liegt in der Natur der Sache. Der Herr Minister beweist mit dieser Aeußerung nur wieder, wie gänzlich unbekannt ihm katholische Dinge sind. Durch diese und ähnliche Mittel ist also das katholische Volk eine „mißleitete und irregeleitete Bevölkerung" geworden, die nicht nach eigener Kenntniß der Sache, sondern nach „Winken" handelt. Der Herr Minister brauchte nur die Augen aufzuthun, um sich die Frage zu stellen, ob denn in der That die Männer, die da vor ihm im Centrum sitzen und die nicht nur zum katholischen Volke gehören, sondern in voller Wahrheit die Vertreter der Gesinnung des großen Theiles des katholischen Volkes sind, ihm Veranlassung gegeben haben zu der Ansicht, daß ihnen die sachliche Bedeutung des Kirchenkampfes unbekannt sei, daß sie einer „mißleiteten, irregeleiteten Bevölkerung" angehören. Wie kann der Herr Minister im Angesichte dieser Männer und der ebenso offenkundigen Thatsache, daß, mit Ausnahme einer ganz verschwindenden Minderzahl, welche theils von der Regierung abhängig, theils der

Kirche ganz entfremdet ist, fast die ganze katholische Bevölkerung, in allen Ständen und Lebensverhältnissen, in dem Urtheile über den obschwebenden Kampf übereinstimmt, von einer „mißleiteten und irregeleiteten Bevölkerung" sprechen? Wie kann man doch das katholische Volk, das in dieser Frage so einig ist, in solchem Maße mißverstehen und zugleich in solcher Weise herabwürdigen! Aber auch hier sind Vorurtheile und Interessen stärker als die offenkundigsten Thatsachen. Der Herr Minister bedarf dieser Ansicht von der katholischen Kirche, um sein ganzes System aufrecht zu erhalten, und so huldigt er dem Wahne, daß in ihr Alles auf „Winke" geschieht: auf „Winke" handeln die Bischöfe, auf „Winke" der Klerus, auf „Winke" endlich das ganze katholische Volk. Das ist die erhabene Idee des Cultusministers von unserer heiligen katholischen Kirche, und nach dieser Idee behandelt er Bischöfe, Klerus und Volk.

Welche Bedeutung aber eine solche Entstellung der katholischen Lehre von der Kirche hat, wie sie benutzt werden kann, um alle Leidenschaften gegen uns Katholiken wachzurufen, wird uns klar, wenn wir ferner in Betracht ziehen, wie zugleich auch die Lehre von der Unfehlbarkeit von unsern Gegnern entstellt wird. Alle Erklärungen und Gegenreden von katholischer Seite über den wahren Sinn und die wahre Bedeutung derselben werden ganz und absichtlich ignorirt. Sie werden mit höhnender Mißachtung von unseren Gegnern zurückgewiesen. Es liegt in der Absicht einer gewissen Partei, daß eine wahre und vernünftige Anschauung über diese Lehre in der protestantischen Bevölkerung, welche nun einmal der Zahl nach in den Regierungen, in den Reichs- und Landständen und in der Presse über uns Katholiken in Deutschland dominirt, nicht aufkomme. Daß dieses Dogma von jeher unbestritten die fast ausschließlich herrschende Meinung in der katholischen Kirche war, und doch nie jene Folgen eingetreten sind, die jetzt als die nothwendigen Consequenzen desselben bezeichnet werden, wird gleichfalls mit Berechnung verschwiegen. Dagegen fährt man fort mit einer gewissen Schadenfreude die gehässigsten Mißdeutungen dieser Lehre durch Männer, welche von der Kirche abgefallen sind und jenen Haß gegen sie kundgeben, der immer mit dem Abfall von der Kirche verbunden ist, als zweifellose und allein richtige Deutung dieser Lehre zu behandeln. Während in Wirklichkeit die Fälle, in welchen der Papst Lehrentscheidungen dieser Art geben kann, sich lediglich auf das Gebiet der mit den Aposteln abgeschlossenen übernatürlichen Offenbarung beziehen, so daß sie ganz wesentlich nur authentische Erklärungen des Inhaltes der göttlichen Offenbarung sind; während deshalb ferner die Fälle, wo solche Lehrentscheidungen nothwendig sind, so selten eintreten, daß sie oft in Jahrhunderten nicht wiederkehren, hat man dieser Lehre die Mißdeutung gegeben, als ob der Papst über jeden beliebigen Gegenstand unfehlbare Entscheidungen geben könne. Mit kluger Berechnung hat man endlich sogar die Ansicht zu verbreiten gewußt, daß die päpstliche Unfehlbarkeit sich auch auf das gesammte staatliche Gebiet und auf alle politischen Fragen erstrecke, so daß der Papst nunmehr in der Lage sich befinde, in alle bestehenden Staatsordnungen beliebig einzugreifen und die Katholiken zu verpflichten, diesen politischen Anweisungen gehorsam zu sein.

Das alles muß man vor Augen haben, um sich erstens einen Begriff davon zu machen, bis zu welchem häßlichen Zerrbild die erhabene göttliche Idee von der Kirche in den Augen unserer Gegner entstellt worden ist, und um zweitens einzusehen, welche Gefahren diese Schreckbilder einschließen, wie sie im höchsten Grade geeignet sind, um namentlich in jenem Theile der protestantischen Bevölkerung, welcher dem Rationalismus sich zugeneigt hat, den religiösen Fanatismus gegen die Katholiken zu schüren. Der Cultusminister redet zwar nicht ausdrücklich vom Unfehlbarkeitsdogma. Es stand aber offenbar im Hintergrunde seiner Rede, als er das Verhalten der Bischöfe auf dem Concil erwähnte und seine Theorie von den „Winken“ entwickelte. Zudem beruhen die vielen Auseinandersetzungen in den von ihm abhängigen Organen der Presse über die angeblich durch dieses Dogma veränderte Stellung der katholischen Kirche und die in Folge dessen nothwendig gewordenen gesetzlichen Cautelen gegen die dem Staate drohenden gefährlichen Folgen der vaticanischen Entscheidung ganz auf der erwähnten systematischen Entstellung des betreffenden Lehrsatzes. Welchen Eindruck aber solche unwahre Entstellungen der katholischen Kirche und ihrer Diener im Großen und Ganzen auf die protestantische Bevölkerung machen, läßt sich leicht ermessen, wenn man den electrisirenden Eindruck betrachtet, welchen alle Angriffe auf die katholische Kirche auf die protestantische Majorität des Landtages übten, welcher ja ein kleines Bild vom ganzen Lande ist. Und in der That, wenn die katholische Kirche wirklich jenem Zerrbilde des Herrn Dr. Falk entspräche und wenn zugleich die vaticanische Entscheidung jene Bedeutung hätte, welche ihr beigelegt wird, dann wäre die Kirche nicht nur ein staats-

gefährliches, sondern zugleich ein mit Recht der allgemeinen Ver=
achtung preis zu gebendes Institut. Solche durch und durch un=
wahre Darstellungen, welche überdies durch die besoldete Presse
täglich wiederholt und in alle Winkel des deutschen Vaterlandes
getragen werden, können nur Haß und Verachtung in der pro=
testantischen Bevölkerung gegen uns hervorrufen. Sie sieht in der
katholischen Kirche eine Gesellschaft, in der alles von Willkür ab=
hängt; — eine willkürliche Autorität und einen blinden Gehorsam. Sie
sieht Bischöfe, welche blindlings den „Winken" des Papstes, Prie=
ster welche blindlings und knechtisch den „Winken" der Bischöfe,
ein mißleitetes Volk, welches blindlings den „Winken" des Klerus
folgt; sie sieht in der katholischen Kirche bis zum Beichtstuhl herab
lauter Institutionen, welche nur dazu da sind, dieser finstern und
egoistischen Gewalt zu dienen. Sie sieht endlich an der Spitze den
Papst mit einer unbeschränkten willkürlichen Gewalt, die er nach
Belieben auf alle Gegenstände ausdehnen kann. Um das Schreck=
bild aber zu vollenden, wird endlich der Papst auch entweder zu
einem Scheusal gemacht, oder als ein altes, gebrechliches, willenloses
Werkzeug einer hinter ihm stehenden verborgenen Macht hingestellt, auf
deren „Winke" er selbst seine „Winke" ertheilt, und diese verborgene
Macht im Jesuitismus wird dann in einer Weise behandelt, daß alle
Phantasieen den freiesten Spielraum haben, sie sich auszumalen, wie
sie wollen. So wird jetzt die katholische Kirche dargestellt. Mögen
wir Katholiken dagegen protestiren, mögen wir sagen, daß diese
Schilderungen unwahr und freche Ausgeburten der Lüge sind, mögen
wir versichern, daß es in der Kirche weder eine absolute Gewalt,
noch einen blinden Gehorsam gibt; daß alle, die in der katholischen
Kirche eine Autorität üben, dabei durch die geoffenbarten Wahr=
heiten des Christenthums, durch das klare und deutliche Gesetz
Gottes, durch die ganze Einrichtung der Kirche und das in ihr
bestehende Recht auf die rechten Schranken hingewiesen sind; daß
endlich der Gehorsam der Kirche nie und in keinem Falle ein
blinder, sondern ein auf die göttliche Offenbarung und auf die
Vernunft gegründeter ist, so verhallt unsere Stimme ungehört. Mit
Lust werden die Anklagen vernommen und mit Verachtung unsere
Erwiederungen abgelehnt. Ja, das Bild jener Juden, welches uns
die Apostelgeschichte schildert, die sich die Ohren zuhielten, um nicht
die Wahrheit zu vernehmen, welche der heilige Stephanus ihnen
verkündete, und dann einhellig auf ihn eindrangen, um ihn zu

steinigen, ist ganz ähnlich dem Verfahren, das jetzt in Deutschland gegen uns eingehalten wird.

Hiermit beschließen wir unsere Kritik über die Aeußerungen des Herrn Dr. Falk über die katholischen Bischöfe in seiner Rede vom 10. December v. J. Wie es möglich ist, nachdem Katholiken und Protestanten in Preußen lange Jahre friedlich neben einander gelebt und Preußen in diesem Frieden eine innere Stärke erlangt, welche es zur ersten Macht in der Welt erhoben hat, jetzt mit solchen Mitteln einen erbitterten religiösen Kampf unter ihnen hervorzurufen und aus der alten Rüstkammer aufgehäufter religiöser Vorurtheile die verrosteten Waffen hervorzulangen, um alles Elend religiöser Kämpfe wieder über das gemeinsame Vaterland auszugießen, wollen wir nicht untersuchen. Wie es ferner möglich ist, daß gebildete Männer sich selbst solche Zerrbilder von der katholischen Kirche, von den katholischen Bischöfen, von den katholischen Priestern, von dem katholischen Volke bilden und bei Verbreitung derselben Glauben finden, wollen wir gleichfalls nicht untersuchen. Eine solche Prüfung würde zu sehr schmerzlichen Resultaten führen. Man sollte glauben der Umstand, daß jetzt so viele Protestanten seit sechzig Jahren in den katholischen Gegenden Rheinlands und Westphalens sich aufgehalten und dort mit Katholiken aus allen Ständen vielfach in den freundschaftlichsten Beziehungen gestanden haben, hätte endlich dahin führen müssen, ihnen so viel Achtung vor der Religion ihrer katholischen Mitbürger einzuflößen, um solche Invectiven gegen deren Glauben zu verachten: — das haben wir auch geglaubt; es ist, wie wir jetzt ersehen, nicht geschehen. Fast scheint es, man habe uns geschont, so lange man uns nöthig hatte.

Aus dem bisher Gesagten ziehe ich zwei Schlußfolgerungen.

Wenn der Herr Cultusminister im Christenthum eine göttliche Institution im ehrlichen und einfachen Verstande einer Offenbarung und einer Gesetzgebung durch Christus den Sohn Gottes erkennen würde, so könnte er erstens den Widerstand gegen seine Gesetzgebung von Seite der katholischen Bischöfe, der katholischen Priester und des katholischen Volkes nicht so beurtheilen, wie er es thut. Um sich davon zu überzeugen, daß von dem christlichen Standpunkte aus, wie ihn Katholiken und gläubige Protestanten auffassen, das Urtheil des Herrn Dr. Falk über die Bischöfe aller Grundlage entbehrt, genügt es auf jenen Erlaß des evangelischen Oberkirchenrathes aus dem Jahre 1848 über die Grenzen des Gehorsams gegen die Obrigkeit hinzuweisen, welchen die „Kölnische Volkszeitung“ vom 28. December v. J. mittheilt und welcher mit den Worten beginnt: „Das Wort Gottes verlangt von dem Menschen vor allem Gehorsam: Zuerst unbedingt Gehorsam gegen Gottes Gebot; sodann aber auch Gehorsam gegen die von Gott eingesetzte menschliche Obrigkeit in allem, was nicht wider Gottes Gebot ist;“ und dann nach Anführung vieler Schriftstellen zu dem Schlusse kömmt: „Hat hiernach, dem Worte Gottes gemäß, der Gehorsam gegen die Obrigkeit nur allein in dem Gehorsam gegen Gott seine Schranke, und hört der erstere nur da auf, wo das Gebot der Obrigkeit gegen Gottes Gebot ist, so ergibt sich daraus zweierlei: Erstens ... daß bei jedem einzelnen Gebote der Obrigkeit in seiner Besonderheit geprüft werden muß, ob es dem Gebote Gottes zuwider sei.“

Das ist die alte christliche Anschauung, wie sie allen gläubigen Christen in allen christlichen Jahrhunderten gemeinsam ist.

Wenn aber der Reichskanzler in einer seiner letzten Reden das diesen christlichen Grundsätzen entsprechende Verfahren der Bischöfe sogar ein „revolutionäres“ genannt hat, so stimmt er in dieser Definition von dem Wesen der Revolution nicht mit dem Urtheile der christlichen Vergangenheit, sondern mit J. J. Rousseau in seinem »Contrat social« und mit allen Anhängern der französischen Revolution überein. Nie ist die absolute Geltung des Staatsgesetzes rücksichtsloser und gewaltthätiger proklamirt worden, als in den Reden der radikalsten Anhänger der französischen Revolution. Es gibt aber einen revolutionären Begriff von Revolution und einen christlichen. Nach jenem ist Revolution jede Verweigerung des Gehorsams gegen den Menschenwillen, wie er im Staatsgesetz Ausdruck gefunden. Nach diesem ist Revolution die Losreißung der menschlichen Verhältnisse in Staat und Gesellschaft von Gott und seiner Autorität; die Losreißung der menschlichen Autorität von der göttlichen, der Autorität des bürgerlichen Gesetzes von der Autorität Gottes; endlich die Empörung gegen das rechtmäßige Gesetz. Im revolutionären Sinne waren alle Christen, die in den ersten Jahrhunderten für Christus geblutet haben, revolutionär. In ihm sind auch ohne Zweifel alle katholischen Bischöfe in Preußen revolutionär. Im christlichen Sinne sind dagegen vielmehr alle diejenigen wahrhaft revolutionär, die daran arbeiten, die altchristliche Grundlage des Staates über den Haufen zu

werfen. Es ist bemerkenswerth, daß der Reichskanzler sich den re=
volutionären Begriff von Revolution zu eigen gemacht hat.

Wenn Herr Dr. Falk im Christenthume eine göttliche Justi=
tution und eine göttliche Gesetzgebung erkennen würde, so hätte
er zweitens auch diesen Kampf gegen die katholische Kirche selbst
nicht begonnen. Er würde dann einsehen, daß auch die größte irdi=
sche Macht gegen Christus nicht aufkommen kann. Im Verlaufe
dieses unseligen, unaussprechlich verderblichen, von katholischer Seite
durch gar nichts hervorgerufenen Kampfes wird er sich davon über=
zeugen, daß ihm nicht eine Maschine, die auf „Winke" gehorcht
und durch Lohndiener bedient wird, gegenübersteht, sondern eine
von dem lebendigen Gotte selbst gegründete Gottes=Anstalt, die sei=
nem göttlichen Befehle gehorcht und durch Männer geleitet wird,
die lieber jeden zeitlichen Nachtheil tragen, als ihrem Gewissen zu=
wider zu handeln.

Als der alte Socialist Proudhon dem Tode nahe war,
warnte er seine ungläubigen Gesinnungsgenossen, dem Volke doch
nicht eher den Glauben an eine so gewaltige sittliche Macht, wie
sie die katholische Kirche unzweifelhaft sei, zu rauben, bis sie eine
andere sittliche Macht entdeckt hätten, welche die sittliche Macht der
Kirche ersetzen könne. Möchte doch der Unglaube unserer Tage
wenigstens diesen Standpunkt anerkennen, wenn ihm selbst das Auge
so geblendet ist, daß er die Göttlichkeit des Christenthums nicht
erkennt. Möchte er in einer Zeit, wo alle sittlichen Fundamente
der Gesellschaft so tief erschüttert sind, nicht aus blindem Fanatis=
mus dem Volke diese heilige und sittliche Gotteskraft rauben, welche
es durch das Christenthum und die Kirche empfängt, so lange er
sich sagen muß, daß er nichts, ja absolut gar nichts dem Volke
bieten kann, um die sittliche Kraft der Kirche zu ersetzen. Wenn
aber Herr Dr. Falk glauben sollte, daß man jetzt endlich diesen
Proudhon'schen Ersatz gefunden habe und zwar im preußischen
Schulsystem und im preußischen Militärsystem, so wäre das nur
ein weiterer Beweis seiner unseligen, verderblichen Illusionen, die
wir nicht nur für ihn, sondern hauptsächlich für das ganze deutsche
Vaterland, das ganze deutsche Volk beklagen würden.

Druck von Joh. Falt III. (vorm. Fr. Sausen) in Mainz.